De la même Autrice :

Romans grands caractères en **Police 18** :

- **Le Mas des Oliviers**, *BoD*, 2022
- **Le cadeau d'Anniversaire**, *BoD*, 2022
- **Autour d'un feu de cheminée**, *BoD*, 2022
- **En cherchant ma route**, *BoD*, 2022
- **Le hameau des fougères**, *BoD*, 2022
- **La fugue d'Émilie**, *BoD*, 2022
- **Un brin de muguet**, *BoD*, 2022
- **Le temps des cerises**, *BoD*, 2022
- **Une Plume de Colombe**, *BoD*, 2022
- **La dame au chat**, *BoD*, 2022
- **Un secret**, *BoD*, 2022
- **La conférencière**, *BoD*, 2022
- **L'étudiant**, *BoD*, 2022
- **Un week-end en chambre d'hôtes**, *BoD*, 2022
- **L'héritière**, *BoD*, 2022
- **On a changé de patron**, *BoD*, 2022
- **Un automne décisif**, *BoD*, 2022
- **Disparition volontaire**, *BoD*, 2022

***

Romans grands caractères en **Police 14** :

- **BERTILLE L'Amour n'a pas d'âge**, *BoD*, 2021
- **BERTILLE Les Candélabres en Porphyre**, *BoD*, 2020
- **BERTILLE, Les lilas ont fleuri**, roman, *BoD*, 2019
(d'autres parutions à venir... voir le site de l'autrice)

Romans et livres **Police 12** :

- **La Douceur de vivre en Roannais**, roman, *BoD, 2018*
- **Une plume de Colombe**, nouvelles, *BoD, 2017*
- **New York, en souvenir d'Émile**, roman, *BoD, 2017*
- **Croisière sur le Queen Mary II**, roman *BoD, 2016*
- **La Villa aux Oiseaux**, roman, *BoD, 2015*
- **La Retraite Spirituelle**, roman, *BoD, 2015*
- **Recueil de (Bonnes) Nouvelles**, *BoD, 2014*

***

Aventures Jeunesse (9-14 ans) :

- **Farid, la Trilogie**, *BoD, 2014*
- **Farid et le mystère des falaises de Cassis**, *BoD, 2009*
- **Farid au Canada**, *BoD, 2009*
- **Farid et les secrets de l'Auvergne**, *BoD, 2009*

***

Thriller religieux :
- **In manus tuas Domine...**, *BoD, 2009*

Site de l'auteure : www.isabelledesbenoit.fr

© *Isabelle Desbenoit, 2022*
Édition : BoD – Books on Demand, info@bod.fr
Impression : BoD – Books on Demand, In de Tarpen 42, Norderstedt (Allemagne)
Impression à la demande
ISBN : 978-2-3224-3701-6
Dépôt légal : mai 2022
Tous droits réservés pour tous pays

LA DAME AU CHAT

Isabelle Desbenoit

J'étais alors étudiante en biochimie et, sportive, je faisais mon jogging deux fois par semaine dans un parc, à deux pas de la chambre que j'occupais dans une résidence universitaire.

À l'époque, nous n'allions pas courir avec des écouteurs aux oreilles, notre « *walkman* » n'était pas encore assez miniaturisé... Et puis, j'avais tellement plaisir à écouter le chant des oiseaux nichés partout dans les arbres dont certains semblaient être centenaires !

Tous ces bruits de la forêt : le

craquement d'une branche, le bruissement furtif d'un mulot qui détale, le murmure doux du vent dans les feuilles... Je me gorgeais de nature en suivant un petit chemin au bord de la rivière.

Ce parc était idéal : si les allées étaient tracées et les chemins dégagés, le reste n'était que peu aménagé, à part certaines zones où l'on coupait l'herbe pour permettre aux promeneurs de s'y détendre, assis sur un plaid. Un joyeux désordre naturel, bosquets, arbres et herbes folles, donnait un aspect sauvage et préservé à cette forêt. Elle était fréquentée, certes, mais elle s'étendait sur plusieurs dizaines d'hectares ce qui fait que l'on ne se gênait pas. Je m'y sentais en sécurité car pas isolée, croisant çà et là des promeneurs avec leur chien ou des sportifs comme moi. Les jeunes parents s'y promenaient également volontiers avec leurs bambins, il y avait d'ailleurs une petite aire de jeux pour enfants à un endroit. L'été, quand la chaleur se faisait pesante, l'ombre bienfaisante des grands chênes, hêtres et autres essences était un refuge apprécié.

Je courais donc une heure, deux fois par semaine, en faisant un quart d'heure de marche avant et après ma course ; je terminais toujours ma séance par de nombreux étirements et quelques mouvements de musculation. Très investie dans mes études, cette pause accordée à mes neurones m'était indispensable et je courais même quand il pleuvait. J'étais vraiment « accro », comme l'on disait alors, à mes séances de sport.

Au bout de deux mois de ce rituel bienfaisant, je commençais à connaître les habitués des lieux. Il y avait un monsieur retraité qui promenait un *yorkshire*, deux mères de famille avec des poussettes ainsi que d'autres promeneurs de chien qui venaient moins régulièrement. Mais celle qui m'intriguait vraiment, c'était une dame dont j'estimais l'âge entre cinquante et soixante ans, qui passait tous ses après-midi dans le parc. Quelle que soit l'heure de mon jogging, je la croisais systématiquement. Elle allait à vélo avec un panier fixé à son guidon où un gros chat angora dormait, roulé en boule. Je l'avais surnommée « la dame au chat ».

Quelquefois je la retrouvais à côté de son vélo, au pied d'un grand arbre : adossée à ce dernier de toute sa stature, les yeux fermés, elle semblait comme en méditation.

D'autres fois, plus rarement, la dame au chat conversait avec quelqu'un. Mais qui était-elle ? Pourquoi promener ainsi son chat ? Ne pouvait-elle pas le quitter une minute ? Était-il d'une race très rare et donc tellement précieux qu'on ne devait pas le quitter des yeux une seconde ? Que faisait cette dame, avait-elle une famille, un mari, des enfants ? Avait-elle une profession ? Je me contentais de la saluer d'un sourire à chaque fois que je la rencontrais mais je n'osais pas l'aborder.

Son image me poursuivait quelquefois dans mes rêves : un visage régulier, des cheveux grisonnants portés mi-longs et laissés libres sur les épaules, des habits simples, un peu « baba cool ».

En fait, ce n'est seulement que lors de ma troisième année universitaire que je me fixai l'objectif de lui parler, de l'aborder et d'en savoir plus sur elle. Il fallait que je perce ce mystère avant de partir définitivement de ce lieu. J'avais bon espoir de réussir mes examens, ayant obtenu des résultats assez flatteurs à mes partiels. Je réfléchis alors à un moyen d'entrer en contact avec elle sans paraître trop curieuse. Je n'étais pas une jeune fille timide mais cela faisait tellement longtemps que je croisais cette dame sans lui parler que je ne savais plus trop comment m'y prendre. J'eus une idée en repensant à notre cours de biologie animale, je pourrais peut-être aborder cette personne en lui expliquant que pour mes études, j'avais besoin de quelques renseignements sur les chats angoras. Je comptais ensuite, une fois le contact établi, sur mon naturel communicatif pour aller sur un terrain plus personnel et assouvir ma curiosité. Je me munis d'un calepin et d'un petit crayon à papier que je glissai dans la poche de mon survêtement. Cela ferait plus sérieux de prendre quelques notes pour mon enquête sur les chats angoras...

Je choisis ce bel après-midi de printemps où l'air était frais et bien agréable, pour peu que l'on ait un petit pull, afin de mettre mon projet à exécution. Je trouvai ce jour-là « la dame au chat » à la hauteur du vieux moulin, elle pédalait tranquillement comme à son habitude.

— Bonjour Madame, lui lançai-je avant que l'on ne se croise pour qu'elle ait le temps de s'arrêter, j'ai quelques questions sur les chats angoras...

La dame au chat avait freiné et mit pied à terre dans un sourire.

— Je suis étudiante et j'ai à faire un exposé sur cette race de chat...

— Bonjour jeune fille, mais volontiers, voulez-vous que nous allions nous asseoir quelques instants ici ? répondit la dame aimablement en me montrant un banc d'un vert vif.

C'était effectivement heureux,

dans ce parc, de nombreux bancs en bois, qui avaient été récemment repeints en un vert clair très lumineux, étaient disposés, permettant de se reposer à intervalles réguliers si on le souhaitait. Leur couleur était encore plus claire que les jeunes pousses des arbres et cela renforçait la diversité chromatique qui s'offrait à nos yeux.

— Bonne idée, je me présente, je m'appelle Cécile.

— Et moi, Solange et mon chat, c'est Igor.

— Il dort beaucoup ? Qu'est-ce qu'il est beau ! lui dis-je en me penchant sur le panier où le chat semblait dans un sommeil profond. Il avait une couleur très rare me semblait-il, un gris avec des reflets bleus, je n'en avais jamais vu de pareil.

— Oui, comme tous les chats, environ vingt heures par jour.

Je pris mon calepin et déroulai avec application mes questions et Solange, qui semblait tout connaître de la race de son chat, me répondit sans hésitation. Quand j'eus fini, encouragée par la gentillesse et la disponibilité de mon interlocutrice, je me lançai sans même m'en rendre compte.

— Vous passez tous vos

après-midi dans ce parc, cela fait longtemps ?

— Plus de cinq ans.

— N'auriez-vous pas envie de faire autre chose quelquefois ? Vous devez connaître le parc par cœur... Vous habitez loin ?

— Ah ! Ma chère Cécile, on dirait que j'éveille votre curiosité, répondit Solange en souriant. Ce parc est pour moi bien plus qu'un lieu de promenade... Mais peu de personnes le savent.

De plus en plus intriguée, je ne pus m'empêcher de renchérir :

— Vraiment ? Pourquoi ?

— C'est une longue histoire

vous savez...

    Solange passa une main dans ses cheveux, elle semblait comme replonger en elle-même... J'étais de plus en plus intriguée... Allait-elle me raconter un peu ou bien en resterait-elle là ? Je demeurai silencieuse et attendis. Après un temps qui me parut bien long, mais peut-être n'avait-il duré que quelques poignées de secondes, je ne saurais trop le dire, mon interlocutrice reprit :

    — Je suis ethnologue et j'ai passé trente ans de ma vie avec des peuples premiers en Indonésie, ne revenant que tous les trois ans en France, pour un mois ou deux.

J'étais passionnée par cette vie en osmose si profonde avec la nature et le cosmos. Ce peuple vivait dans des cabanes en bois construites à dix ou douze mètres de hauteur, dans les arbres.

Je vivais moi aussi là-haut avec eux. Malheureusement, j'ai dû revenir il y a six ans en France, j'étais devenue diabétique et vivre en pleine forêt en Indonésie n'était plus possible médicalement parlant. Je connaissais ce grand parc bâti autour de la rivière et j'avais toujours aimé cette forêt laissée brute... Quand une des petites maisons à l'orée du bois a été en vente je n'ai pas hésité, je l'ai achetée et suis venue m'installer ici. Je m'étais rendu compte qu'après tant d'années passées à vivre dans la nature, j'étais devenue complètement incapable de passer une journée entière enfermée dans un appartement ou une maison. Il me fallait de longues plages auprès des arbres, de l'eau qui court et des oiseaux qui chantent, j'étais redevenue sauvage, en quelque sorte. Je suis donc installée ici, dans la petite maison à l'est du parc, vous l'avez peut-être remarquée, j'ai mis des étoiles sur les vitres des fenêtres.

Oui, j'avais bien repéré cette modeste maison qui ne devait pas faire plus de cinquante mètres carrés et je la trouvais tellement mignonne que je finissais toujours mon tour en passant par le chemin qui la desservait. C'était une maison de gardien, un peu comme les anciennes gares avec un toit pointu, entourée d'herbes folles et de fleurs qui poussaient à l'avenant.

— Votre vie me fait rêver, ne pus-je m'empêcher de m'écrier, elle est si originale !

— Oui, c'est vrai mais pour

moi c'est un équilibre, je communique avec les arbres comme mes amis de la forêt m'ont appris à le faire, je communie avec la terre-mère et les animaux sont mes compagnons. Igor est toujours avec moi. Quand je travaille le matin en mettant mes notes en ordre et en rédigeant des articles, il se met près de moi, tout près ! Sur ma table de travail ! Nous communiquons tous les deux silencieusement, je sais que cela peut paraître complètement fou, mais c'est la réalité. L'insuline me garde en vie mais la forêt aussi… Je ne suis bien que dans la nature. C'est pourquoi après le déjeuner, je viens ici et ne rentre qu'à la tombée de la nuit. Je n'ai pas besoin de livres ou de radio, la nature m'occupe, me comble.

Ce jour-là, je restai moi aussi jusqu'à ce que le jour baisse avec Solange, sa vie me fascinait tellement. La dame au chat semblait également prendre plaisir à me raconter ses aventures, là-bas, en Indonésie. J'avais bien entendu parler des peuples premiers mais je n'avais pas du tout idée qu'une personne civilisée, entre guillemets, aurait pu les rejoindre si étroitement dans leur vie intime, dans leur psychisme. C'était proprement exaltant. Récemment, j'avais lu dans une revue scientifique l'histoire de cette tribu que l'on nommait « les Sentinelles » et qui vivait depuis soixante mille ans sans avoir changé de mode de vie sur une île de soixante-douze kilomètres carrés. Un scientifique et son équipe cherchaient à les approcher sans résultat, nous étions en 1985. J'ai appris plus tard qu'ils étaient arrivés à avoir un contact en 1991 avec eux mais ce fut le seul.

Le gouvernement indien les protégeait en interdisant aux personnes de s'approcher de leur île. De toute façon, « les Sentinelles » accueillaient leurs visiteurs avec des flèches. Par la suite, après le tsunami de l'année 2004, ils avaient survécu, au moins certains car l'hélicoptère qui avait survolé la zone avait été lui aussi menacé par des flèches.

Ils voulaient qu'on les laisse tranquilles, tout simplement. Savoir que des personnes vivaient sans changement depuis si longtemps alors que nous étions à l'heure de l'atome et que nous avions été sur la Lune me donnait le vertige.

Nous prîmes rendez-vous le mardi suivant à onze heures pour

que ma nouvelle amie Solange me montre quelques films de son extraordinaire expérience. Je rentrai chez moi comblée par cette rencontre et j'eus bien du mal à travailler sur mes cours. J'étais comme envoûtée par son histoire fascinante. Je mis beaucoup de temps à m'endormir et c'est seulement le lendemain que je repris vraiment pied dans la réalité.

J'attendis avec grande impatience le mardi suivant. « La dame au chat » que j'avais si souvent croisée était encore plus formidable que j'aurais pu l'imaginer.

Sa personne représentait un pont entre les civilisations éloignées dans le temps de plusieurs millions d'années. C'était une rencontre extraordinaire et je pressentais confusément qu'elle serait le point de départ de quelque chose que j'ignorais encore... Solange me semblait unique et infiniment précieuse. Combien d'êtres au monde avaient son expérience qui transcendait le temps et l'histoire ? Ils étaient sûrement à compter sur les doigts d'une main et j'avais cette chance de la connaître. Une euphorie légère m'accompagnait alors que je prenais mes cours dans l'amphithéâtre ou que je mangeais au restaurant universitaire avec mes amis. Je ne leur avais rien dit, je gardais encore secrète cette rencontre, il me semblait qu'il fallait préserver celle-ci comme un trésor.

Aussi sympathiques que fussent mes copains de fac, ils ne pouvaient pas comprendre... Ils ne connaissaient pas Solange et j'avais peur qu'ils prennent mon récit à la légère, en plaisantant. En réalité, il me plaisait d'être seule à connaître Solange, à profiter de son savoir réparti sur les deux rives de l'humanité.

J'étais en avance pour mon rendez-vous ce mardi-là, et je me forçais à marcher un peu dans les allées en attendant onze heures. Je voulais être exacte pour ne pas la déranger dans son travail du matin. Lorsque j'arrivai au seuil de sa petite maison, elle m'apparut de près encore plus charmante que lorsque je l'observais depuis le chemin du bois. Pas de sonnette mais un petit carillon qui tinta agréablement à mes oreilles. Solange m'ouvrit après quelques instants et me fit entrer dans la pièce principale qui semblait regrouper aussi bien le salon que la cuisine ou le bureau. Les murs étaient tapissés de livres et elle avait un ordinateur ce qui n'était pas du tout courant à l'époque. Solange eut la gentillesse, avant de me faire asseoir, de me montrer le jardin attenant de l'autre côté de la maison.

Elle y avait construit une cabane en bambou sur pilotis à trois mètres de hauteur à l'arrière, dans un bosquet de hêtres. L'abri surélevé était bien dissimulé aux regards et mon hôte y dormait tout l'été avec Igor, blotti contre son ventre. Le toit de cette cabane était fait de feuilles de palmier tressées très serrées et même les fortes pluies d'automne ne l'empêchaient pas de dormir dehors, sur la natte dure du plancher. Solange ne se sentait en sécurité que dans la nature, avec les bruits de la nuit. Elle ne dormait dans sa petite chambre que l'hiver quand la température était trop basse. Et encore, elle ne fermait pas les volets et avait placé son lit tout près de la fenêtre de manière à voir les étoiles lorsqu'elle y était allongée. Elle m'avoua aussi qu'il lui arrivait souvent de grimper dans certains arbres du parc non visibles par les promeneurs depuis les allées. Trente ans de vie avec ce peuple lui avaient donné des réflexes que nous ne possédions plus dans notre monde dit « civilisé ». Par contre, pour la nourriture, elle était redevenue bien française et sa maladie l'obligeait à manger à heures régulières en sélectionnant soigneusement ses aliments.

    Revenues dans la pièce principale et tandis que Solange me préparait un thé, je m'assis sur le sofa recouvert de couvertures multicolores. C'était étrange mais je me sentais comme chez moi, comme chez une amie de longue date où l'on vient à toute heure et où l'on se sent bien. Je risquai une question plus personnelle, sûre que Solange ne m'en voudrait pas de ma curiosité.

— Solange, avez-vous eu un mari dans cette tribu ou bien êtes-vous restée célibataire ?

Mon hôtesse déposa le petit plateau sur la table basse où elle avait disposé des tasses en porcelaine et une théière avec une anse en rotin, elle sourit doucement et je sentis qu'elle était bien nostalgique.

— J'ai vécu vingt ans avec un homme de la tribu mais nous n'avons pas eu d'enfant. Il est mort un soir d'été, en dormant... Je pense qu'il a dû faire un infarctus et nous nous sommes rendu compte beaucoup trop tard de son décès pour pouvoir tenter quelque chose. Il a été mon seul amour, un amour si pur et si tendre... Il avait été si fier que je l'aie choisi car mon statut de femme blanche et civilisée les impressionnait et aucun des hommes ne me faisait la cour. C'est moi qui ai donc fait le premier pas avec Han.

Elle prononça ce nom avec un son guttural, j'étais bien incapable de le faire moi-même.

— C'était évidemment une relation de couple très étrange, nous venions chacun d'une planète différente si je puis dire... Mais je peux témoigner aussi que l'amour transcende les époques et les civilisations... Solange s'arrêta, submergée par l'émotion en évoquant son compagnon. Les yeux rougis, elle me tendit une petite photo : des yeux malicieux, un grand sourire et un corps tout noueux de muscles, Han était vraiment beau mais je n'arrivais pas du tout à imaginer le couple qu'il pouvait former avec Solange. Je me promis de lui en demander plus un jour, si nous devenions vraiment amies...

— Solange, cette relation que vous avez vécue est unique... N'avez-vous jamais songé à la raconter dans un livre ? Votre vie est tellement extraordinaire !

— Oui, on me l'a souvent demandé mais je préfère pour l'instant finir de mettre mes recherches en forme, ce qui va me prendre quelques années. Ensuite, je ferai peut-être un livre témoignage, pour laisser une trace puisque je n'ai pas de descendant à qui raconter mon histoire.

Je devais par la suite revenir bien souvent dans la petite maison de poupée de Solange et nous devînmes amies intimes. Je puis dire, en fait, que je devins un peu la fille adoptive qu'elle n'avait pas eue : mes parents n'en prendraient pas ombrage car quand je leur fis connaître Solange, ils tombèrent eux aussi sous le charme de « la dame au chat ». Je lui avais appris ce surnom que je lui donnais et cela l'avait fait beaucoup rire. Quand on s'appelait au téléphone elle ne manquait jamais de dire malicieusement « oui, bonjour, ici la dame au chat ! ». Solange m'emmena en forêt, dans des endroits où personne ne venait. Elle était d'une agilité déconcertante pour son âge et pouvait grimper à n'importe quel arbre en se hissant avec les mains, en s'accrochant avec les pieds... Moi qui étais jeune et sportive, je n'arrivais pas du tout à reproduire ses gestes qui avaient été son quotidien pendant trente ans. Nous fûmes souvent prises de fous-rires lorsque je m'essayais à la suivre dans un arbre, je restais coincée à mi-hauteur tandis qu'elle était déjà au faîte. Solange avait également des sensations intuitives qui lui permettaient de juger si une branche la porterait ou non. Je n'avais pas cette capacité et fis un jour une chute sérieuse de plusieurs mètres. Heureusement, le sol tapissé de mousse amortit un peu ma chute mais je m'en tirai avec une grosse entorse et un poignet cassé. J'étais tombée sur le côté et heureusement une branche basse m'avait ralentie. J'aurais pu me rompre le cou, rester paralysée à vie... Quand je fus rétablie, Solange m'interdit absolument de la suivre, elle s'en était beaucoup voulu de m'avoir fait prendre des risques mais pour elle, de telles ascensions étaient devenues si naturelles... Je dus lui promettre de ne plus jamais tenter de grimper aux arbres et je le fis volontiers car j'avais eu très peur moi aussi. Il avait fallu cet incident pour que Solange réalise que je n'avais pas ses années d'expérience à monter dans les arbres et que je ne pouvais pas la suivre. En revanche, elle m'apprit, au sol, à suivre les traces des petits animaux, à déchiffrer la nature par mille et un signes que je n'aurais jamais remarqués auparavant.

Pour sa relation quasi mystique avec les arbres, j'eus beau essayer de me coller à leurs troncs en écoutant, en faisant vraiment silence en moi, je ne parvins jamais à comprendre cette communication qu'elle me disait avoir avec eux. Solange m'apprit à entendre le vent, à le juger, à sentir des odeurs en décomposant en quelque sorte les sensations olfactives générales que je percevais. Tout cela était si fascinant... J'essayais de l'imiter mais je n'y arrivais que si peu !

Dans ces moments passés avec elle dans la nature, elle m'apparaissait comme une déesse de la forêt dotée de pouvoirs magiques. Quels que soient mes efforts, je ne pouvais rentrer dans cette communion que Solange possédait avec les éléments.

Je continuais à garder secrète cette relation auprès de mes amis. Je n'avais aucune envie que des moqueries fusent et intuitivement je savais bien que leur humour potache ne ferait qu'une bouchée de cette relation extraordinaire de Solange avec la nature.

Ils ne pouvaient simplement pas comprendre, il aurait fallu qu'ils connaissent Solange mais je n'avais pas envie de la leur présenter. Notre relation était unique et devait le rester. Pourtant lorsque je rencontrai Marc dont je tombai amoureuse, je ne pus lui cacher longtemps ma chère « dame au chat », elle était devenue si importante pour moi. Comment ne pas lui faire connaître cet être singulier si essentiel dans ma vie ? Cela eût été impossible. J'attendis quand même que notre relation de couple devienne sérieuse et que nous commencions à envisager un avenir commun pour lui présenter cette amie si particulière et si chère.

Leur première rencontre dans la petite maison du parc fut un enchantement pour lui et cela me rassura encore, s'il en était besoin, sur la qualité de notre amour. Il fut aussi fasciné que moi par Solange et ils devinrent bons amis. Pour moi, j'avais certes beaucoup d'intérêt pour la vie hors du commun de notre amie mais pas au point d'épouser un homme d'une tribu d'un peuple premier ! Marc était dans la même filière que moi et du même milieu. J'étais très conventionnelle, en fait. Nous avions le même rêve de percer les mystères insondables de la nature et nos rencontres régulières avec Solange nous donnaient encore plus la conviction que nous pouvions découvrir de grandes choses. C'est Marc, ayant la plume facile, qui décida Solange à enregistrer ses souvenirs, il se chargerait de rédiger une biographie sous forme de questions/réponses.

Cela arrangeait bien notre dame au chat qui préférait mille fois avancer dans ses recherches plutôt que d'écrire elle-même son récit de vie.

 Plus tard, lorsque j'eus terminé mon cursus universitaire, je cherchai à intégrer une équipe de scientifiques qui étudiaient les organismes vivants dans la forêt amazonienne. Grâce aux relations de Solange, j'eus l'occasion de partir en stage pour trois mois au Brésil avec Marc. Ce fut le début d'une carrière au service du vivant qui nous a passionnés et nous passionne encore. Mais c'est une autre histoire...

Vous avez aimé ce roman ? Vous aimerez....